玩轉 科技世界 ⑤

出動！仿生科技救援隊

崔宰訓 著　　柳熙錫 繪

新雅文化事業有限公司

www.sunya.com.hk

從大自然生物得來的奇妙創意

小朋友，你們有看過電影《變種特攻》（X-MEN）嗎？這系列中曾出現很多不同的變種人角色，例如有一個像禿鷹一樣，擁有巨大翅膀；還有一個像蜥蜴一樣，可以用舌頭將獵物捲入口中。在芸芸變種人當中，我最喜歡的角色是可以像變色龍般，隨心所欲地變換形象的妖后（Mystique）。雖然他們的超能力各不相同，但是共通點卻有一個，就是他們都模仿着大自然中某種生物的能力。

人類為了擁有大自然的能力，一直在作出漫長的努力。天才畫家兼發明家李奧納多·達文西觀察楓樹種子飛舞的模樣後，開始發明和設計直升機。也許，正因人類有這種追趕自然、模仿其他生物的野心，才造就了今天這麼燦爛的現代科技文明。所以，現在正看着這本書的各位，也可試試發揮想像力，想想「有什麼自然或生物的現象是可以借鏡模仿的呢？」只要敢大膽想像，也許你就能成為未來的發明家了。

崔宰訓

登場人物 ___ ×□

可素

S博士的兒子。雖然平凡,但是盡得天才機械工程師爸爸的真傳。偶爾也會發揮出一些過人的才能。充滿好奇心,經常將疑問掛在嘴邊。

比比

可素的好朋友。S博士的對手兼好朋友C博士的女兒,比比TV的運營者。

S博士

可素的爸爸。天才機械工程師。本來在大企業的研究所裏工作,後來因為想專注於自己的研究而辭職了。他什麼都能製造出來,什麼都能修理好。比起本名孫聖手,大家更喜歡稱呼他為S博士。

科科識老師

可素和比比的班主任,作為動物協會會員之一,經常發明模仿生物的機械人。

守時

科科識老師的後輩,也是動物協會的會員。

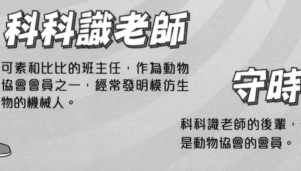

4

目錄

穿蓮葉斗篷的男子 • 6

仿生科技大富翁 • 26

籠子裏的秘密 • 46

跟蹤科科識老師 • 66

出動！仿生科技救援隊 • 86

能拯救生命的仿生科技 • 108

穿蓮葉斗篷的男子

一個星期日的晚上，天空雷雨交加。可素和比比正沉浸在恐怖電影中。

　　「哼，你叫我不要亂來？」

　　正當犯人說出這句意味深長的對白後，電影便結束了。

正當比比準備出門之際，大門伴隨着一陣雷響，突然從外面打開了。

連環殺人狂？
你們又看恐怖
電影了嗎？

「呵呵！你們兩個果然好眼力。這是模仿蓮葉超強疏水能力的100%防水蓮葉雨衣！」

排排坐 排排坐～

合體！
合體！

因為有這些比水珠更細小的突起物，令水珠無法滲進蓮葉裏，只能積聚在上面。

水珠互相結合，變得越來越大。

我下去啦～

刷
啦

水珠變大到一定程度，就會往下滑。

我這件雨衣就是利用這原理製成，所以不會被雨水沾濕。

那我就不用借雨傘啦？

S博士將雨衣脫下來，穿在比比身上說道：「你穿着它回家吧！」

很合身呢！

這件雨衣很昂貴啊！

哪裏合身了？三個人一起都穿得下呢！

13

比比滿懷興奮地回家了，相反可素的心情卻有點不高興。

「比比她就好啦……」

你因為我把雨衣送給比比而生氣了嗎？

我才沒有這麼小氣。

好東西當然留給我的兒子！看，這件是更神奇的斗篷！

這件是什麼？

「這是變色龍斗篷！變色龍會根據周圍環境變換身體顏色，這個你知道吧？」

一伸
一縮

這樣盯着牠看，牠會變成紅色的！

平常時，變色龍是綠色的。

平常色時

牠們通過變換細胞構造，把身體反射出周圍環境的顏色。

唔……現在是放鬆的狀態。

平常時，細胞之間的間隔比較密

一伸一縮

就此變紅！

一旦憤怒，就會瞬間變換顏色。

憤怒時

哈利波特的透明斗篷也沒我的厲害！

誰在叫我？

憤怒時，細胞之間的間隔會變寬

這件斗篷也是用相同原理製成的。它利用特別的感應裝置區分周圍環境的顏色，再跟隨環境變色。

可素穿上變色龍斗篷，就像成為了魔法師一樣，
心情大好。
　　「爸爸你能看見我嗎？看不見吧？」

就在可素興奮不已的時候，S博士突然從袋子裏拿出一對外形奇怪的手套。
「讓我戴上這雙手套，找找我兒子在哪裏吧？」

「你聽說過壁虎嗎？」
「壁虎？是嗅覺十分靈敏的蜥蜴嗎？」

另一方面，比比走到學校門口時突然停下了腳步。
「這麼大雨，校長喵回來了嗎……？」
校長喵是住在學校保安室屋頂的小貓。

要上去看看才行！

比比急忙走上屋頂，但是卻找不到校長喵的蹤影。

還沒回來嗎？

「貓糧一點也沒動過，看來這段時間牠一直沒回來過……」

比比一邊擔心着，一邊將浸濕了的貓糧換成新的。

「很快又會被打濕呢……啊，對了！」

比比脫下雨衣，蓋在校長喵的窩上面。

這樣壓實它，就算強風多大也不怕啦！

比比將雨衣留給校長喵之後，就冒雨跑回家。

校長喵，你一定要無事啊！

25

仿生科技大富翁

雨下了一整晚之後，第二天早上天朗氣清。

但是校長喵依然不見蹤影。突然，比比驚恐地大叫。
「呀？蓮葉斗篷不見了！」

「這麼說，犯人應該沒有走多遠！」
這時，上課鈴聲響起了。

「你們想成為大富翁嗎？」

「想呀！」

「今日要學習的內容是仿生科技。我們可以模仿大自然生物的原理，製造很多厲害的發明。如果發明一鳴驚人，我們就有可能成為大富翁了。」

「那就快點開始吧！」

嘩！老師最棒！

呼呼～

你們平時上課也這麼積極就好了。

「這是我親自設計的『仿生科技大富翁』卡牌遊戲。」

科科識老師在屏幕上放出了一幅巨大的遊戲棋盤。

先擲骰子，之後根據擲出的數字行走相應的步數。棋盤上每一格都隱藏着不同的分數。

交換卡片

100　300

遊戲正式開始。比比用盡全身氣力拋出大骰子。
「請賜我一個幸運數字吧！」

START!

噗啪

比比隊抽到牽牛花漏斗卡！100分！

模仿牽牛花外形

漏斗

100

啪

呀！只得100分！

嘿嘿！這次到我了！

「讓我一次擲出1000分，終結這遊戲吧！」可素滿懷信心地拋起骰子。

「我們比你多100分啦！」
可素舉起降落傘卡，囂張地說道。

100分算什麼……

憤怒 憤怒

遊戲繼續，比比拋出的骰子在空中轉了幾圈後，落到地上。

噗

是3啊！

老師，翠鳥是什麼卡片啊？應該是0分吧？

嘻嘻～

START!

「這是日本的高速列車，當它駛出隧道時，在隧道裏凝結的空氣會爆裂，產生非常巨大的噪音。但是，只要將車頭形狀造成像翠鳥喙部一樣尖細流暢，就可以減少阻力，降低噪音。」

「嘿！只要我也擲出一個500分就行啦！」

可素雖然喊得很大聲，但是他並沒有如願以償。更糟糕的是，比比居然還獲得了一次交換卡片的機會。

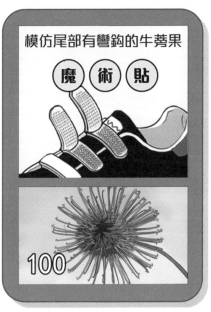

已經累積到700分的比比隊，和目前只有200分的可素隊之間，競爭越來越火花四射。

模仿玫瑰花莖上的尖刺

有 刺 鐵 絲 網

100

怎麼又是100分的卡！我也想抽到500分的卡啊！

雖然只得100分有點可惜，但是我們仍然領先。

模仿壁虎腳掌，可以多次反覆黏貼。

肌 肉 膏 布

100

但是，落後中的可素擲出了一個足以反敗為勝的數字。

「好啊～！是『抽走對手一張卡』！請交出你的新幹線卡片！」

「天啊～！」

但是，比比並沒有放棄。

「我比比的字典裏沒有『放棄』兩個字！」

看到比比懷着這種精神，科科識老師也為她打氣。

「很好！這次抽到的卡片是400分的螺旋槳卡，你們勝利在望了！」

楓樹運用風力傳播種子的方式來繁殖。

包裹楓樹種子的果實，可以乘風在空中飛舞。

模仿楓樹種子乘風飄向遠方

螺　旋　槳

400

轉啊轉

暫停一回合

ZZZ

搶走對手一張卡

可素隊現在只差100分就能勝出，可素高興地拋出骰子。

啊！暫停一回合？

比比隊的機會來了。

「只要給我一張200分的卡片就可以了！拜託！」

本來差一步就可以贏的可素非常激動。
「這不是真的……」

賽果不應該是這樣的！

科科識老師在黑板上寫下今天的功課後，就像風一樣消失了。

功課！
創作屬於自己的
生物模仿科技

再見！

嗖嗖一

滋滋

校長當然是在校長室啦。

老師你有見過校長喵嗎？

難道掉進這裏了嗎？

雖然可素輸了遊戲很不高興，但是「友誼第一，比賽第二」。放學後，可素和比比又一起去尋找校長喵。

我這邊沒有，你那邊呢？

連一條貓毛都沒有！

我們去公園看看吧。說不定有人救了牠，在那邊等着呢。

怎麼可能消失得無影無蹤呢？牠不會被人綁架了吧？

籠子裏的秘密

可素和比比走到學校旁邊的公園。像平時一樣,公園裏有很多小貓。

「你看，裏面放滿了籠子。」

　　就像可素說的一樣，貨車裏放滿了密封的籠子，完全看不見裏面的物件。

49

這個到底是
什麼啊?

長得有點像
小狗呢。

「難道他們會將活的動物捉走,再
改造成機械人嗎?」可素懷疑地說道。

過獎了,我
經常會想到
這些東西。

你的想法這麼
有創意,真的
是個天才啊!

你們別再說廢話,
馬上下車!

「小偷竟然還惡人先告狀！」
聽到兩個小朋友的話後，這位青年感到
無奈，回敬說：「你說誰是小偷！」

那個奇怪的機械人
是什麼？

「動物協會」一定
是利用動物做壞事
的組織吧！

動物協會
不是這個
意思啊……

我為什麼
要跟他們
解釋啊？

總之我不是小偷，
我叫守時，是AI研
究員。

53

「不會把我們也捉去改造吧？」
「為了確認校長喵是否真的被綁架了，只能跟他去吧。」
可素和比比雖然有些擔心，但是也決定跟着守時去看看。

現時科技界有一種四足步行機械人叫BigDog，而圓頭的科技比它更進一步。

BigDog即是大狗……

果然是綁架狗的。

哈呀，疑心太大也是一種病態啊。

圓頭可以輕鬆背起200kg以上的貨物，並在兇險的地形上行走。

身上載有雷達、感應器和攝錄鏡頭，因此可以感知方向和位置。

腿部是模仿狗的關節和肌肉製造的，所以能夠像狗一樣行走和跳躍。

就算突然受到衝擊，也可以自己找回平衡，不容易倒下。即使倒下了，也可以自己站起來。

55

「不單只圓頭，我們還正在研發很多模仿生物的機械人啊！」

從守時的語氣可以聽得出，他非常自豪。

能跟隨人類步伐移動的小狗伙伴機械人。

時速可達25km的仿獵豹機械人。

所有機械人都是為了幫助人類而發明的。

沒錯，就是這樣！如果沒有真正的動物，你也研究不出這些機械人吧？

那當然了。

「所以你就以研究為藉口，任意帶走動物對不對？即使你沒有改造牠們，也是不對的！」

出冷汗～

你們真是……

哼，差點就上當了。

可～怕！

「不是這樣的！我們只有在逼得不已的情況下，才會借用動物的。有時需要觀察動物的自然動作，有時需要參考一些不足的部分，我們才會把動物短暫帶回來研究。」

動物能提供重要信息，我們沒有理由隨意虐牠們啊。

公園旁邊有一間復康醫院。廣場上，病人和機械人正在和諧共處。

咕嚕嚕

八達臂
模仿八爪魚的爪吸盤的機械手臂為四肢不方便的人代做手臂動作。

這裏是病人們做復康訓練的地方。

噠噠

小狗伙伴機械人
將來若人工智能再發達一點，它們就可以完全成為視障人士的導盲犬了。

正前方有障礙物，請暫時停步。

嗚嘩！

請幫我把垃圾扔掉。

一步
一步

管家機械人小火花
可以遊走於家裏每個角落，
當跑腿或者做家務都很出色
的四足步行機械人。

呀呀
呀呀

袋鼠機械人
人們可以在手臂或腿上
縛上繃帶操縱它們，一
邊玩一邊做復康運動。

「啊呀～這麼說，這裏所有的機械人都是由動物協會研發的？」

「有些是我們直接發明的，有些不是。」

但是，既然要做，為什麼不能把機械人設計得好看一點呢？

「我們優先考慮的是實用性！機械人要做的任務都很危險，想把它們的外型做到跟生物一模一樣，是很難的啊！」

「它們要做哪些危險的任務呢？」

BigDog！把裏面的人救出來！

「例如走進人類難以進入的火災現場，或者其他極地環境。」

可素和比比剛才還在懷疑守時為了研究而虐待動物。現在聽到他的解釋後，二人都感到非常慚愧。

一步一步

「或者這裏的人曾見過校長喵呢。」比比說道

「難道……」

比比往正在使用八達臂的病人走過去。

請問，你有見過這隻小貓嗎？牠叫校長喵，已經不見了好幾天了。

讓我看看……

病人指着廣場的另一邊說道。

「剛剛牠還和那個人在一起呢！就是在那邊那個手舞足蹈的人。」

「啊！」

比比看見病人指着的人後，嚇了一大跳。但是，還有人比她更驚訝，那就是守時。

「咦？是前輩！」

跟蹤科科識老師

「你認識我們的科科識老師？」
「他是我的大學前輩啊。不過，前輩居然是你們的老師？他這個研究狂怎麼會當老師呢？」

　「比比，你看見科科識老師旁邊那個籠子了嗎？裏面會不會就是我們要找的……」

　「不可能！前輩有嚴重的貓毛過敏。」

　科科識老師好像聽到他們說的壞話一樣，馬上打了個噴嚏。

「咦，難道，前輩他想……」
「他不會就是偷貓賊吧？」

「你們好像誤會了一些事情吧？」
但是可素和比比已經對守時說的話聽不入耳。

這時，科科識老師突然提起籠子跑掉。

啊！他逃跑了！

　　科科識老師跑着跑着，跑進了一家房子，可素他們也悄悄跟着進去了。他們剛進入大門，就看見花園裏有一個奇怪的物體。

那是……

像一座塔，又像一個雕塑……

這是什麼？

「這個是白蟻巢模型。白蟻築的巢穴結構充滿了科學原理，所以也有人會模仿白蟻巢來建造房子。」

「你說這是模仿白蟻巢來建造的房子？」

聽了守時的話，可素和比比非常疑惑。

進入科科識老師的房子之後，
可素和比比目瞪口呆了！

74

「你不要再裝傻了，我們什麼都知道了。」

可素和比比的眼神無比銳利，就好像真的化身為偵探一樣。

「你們的話真是莫名其妙啊！」科科識老師一點都聽不明白，但孩子們不相信他的解釋。

「我越聽越糊塗，真的有理說不清。」

科科識老師對偷偷潛入自己家裏，還把自己當成是偷貓賊的孩子們無言以對。

我確實去過校長喵的窩，不過只是為了餵牠。

但卻發現有人將名貴的蓮葉雨衣掉在這裏了。我怕雨衣被人偷走，於是帶走它。

還有，這隻貓是我在去復康醫院的路上遇見的，我發現牠的腿受傷了，所以才帶回來。

哼！真是完美的詭辯！

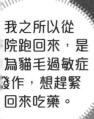

我之所以從院跑回來，是為貓毛過敏症發作，想趕緊回來吃藥。

「那⋯⋯那你怎麼證⋯⋯證明籠子裏的貓不是校長喵！」

科科識老師理直氣壯的樣子讓可素有點倉惶，唯有結結巴巴地問道。

你不敢打開給我們看，是因為校長喵就在裏面！

沒錯！

你剛剛說完還不到1秒呢！

校監喵，你快出來證明我的清白！

校監⋯⋯喵？

咻

「啊？啊啊……」

從籠子裏走出來的是另一隻小貓，跟校長喵長得非常相似。可素和比比對科科識老師的疑心消散後，突然變得語無倫次，沒話找話說。

這間屋真的很奇怪啊，像動物園一樣。

對吧？看起來不像是平常的房子呢。

綠油油的環保房子

這塊**光伏板**模仿飛蛾的眼睛，它的反射量極少，即使在下雨天也可好好地吸收太陽光線。

「哈哈！你們也有一點見識啊。這個房子絕對不平凡，因為它是應用了仿生科技的環保建築。」

這個**易潔玻璃**和**防水油漆**模仿蓮葉，可防水、防塵。

自動百葉窗模仿眼睫毛，可以阻隔光線和塵埃進入室內。

座頭鯨的鰭上有突起物，可以輕易地將水勢撥開。利用這個原理發明的風力發電機扇葉可受到更小風阻。

還有這些柱子是模仿白蟻巢建造的……

你們有聽說過沙漠甲蟲的原理嗎？

沙漠甲蟲會先在地底裏冷卻自己的身體，再爬上地面，將空氣中的水蒸氣凝結成水珠。散熱裝置就利用這個原理，控制空氣的溫度和濕度。

不用了，白蟻巢的原理，守時哥哥已經告訴我們了。

「仿生科技的研究是永無止境的。因為自然生物在漫長歲月裏，發明了無數的生存秘訣，而且將來還會不斷創造下去。」

哈～這是金石良言！

對不起啊，老師。我們不應該隨便懷疑你的。

沒關係。你們是太關心校長喵，才會這樣的。

「原來前輩你突然失去音信，
是為了做這些研究嗎？」
　　另一方面，守時投來了尊敬的
目光。

過獎

讚讚讚

「既然來了，不如帶你們參觀一下我的研究所吧？」
科科識老師的眼神突然明亮起來。

他肯定又要自誇
自大了！

沒錯⋯⋯

哈哈哈哈哈

出動！仿生科技救援隊

科科識老師一打開門，就有兩隻蝴蝶飛了出來。

聽了科科識老師的話，可素和比比仔細地看了看這些蝴蝶。

「這個也是模仿蝴蝶的仿生機械人嗎？」
「沒錯。機械蝴蝶可說是無人航拍機的升級版。」

它應用了蝴蝶的翅膀與腳部的運動方式。

關鍵是讓它們可以像蝴蝶一樣靈活自如地飛行！

因為它們體形微小，所以比無人航拍機更容易操縱，而且構造堅固，不容易損壞。

其實……我的夢想是，成為21世紀的萊特兄弟。

萊特兄弟是……？

是發明第一架飛機的人嗎？

「沒錯，就是發明第一架動力飛機飛上天空的人。
這個發明也是利用仿生科技的呢！」

我要像鳥一樣飛呀！

嚇我一跳！

掉落

至少也飛了30秒！

噗啪啪

「還有，我最尊敬的人是
李奧納多・達文西。」

改口了！剛才還在說
想成為萊特兄弟！

達文西不是畫家嗎？

你們這些孩子在一知半解。

達文西是一位偉大的畫家，同時也是個天才科學家。他通過觀察鳥類和植物，之後自己設計出飛機。」

「我也像達文西和萊特兄弟一樣，正在從昆蟲身上取得靈感，製造超微型飛機。歡迎你們來到我的秘密研究所！」

一進入秘密研究所，比比的眼睛就被某樣事物吸引了。

「哦，是蜻蜓啊！好大隻啊！」

嘟嗚嗚嗚～

帕嗒帕嗒

啊呀！它懂得閃躲嗎？

難道那個也是？

當然。

「這是我做的果蠅機械人。他可以飛行超過1公里的距離呢！如果用這種技術來製造無人航拍機，肯定可以飛得更快、更自由。」

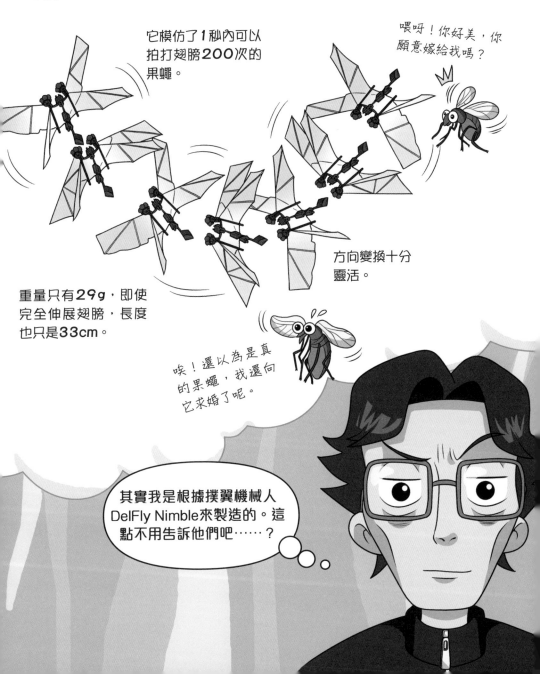

它模仿了1秒內可以拍打翅膀200次的果蠅。

喂呀！你好美，你願意嫁給我嗎？

重量只有29g，即使完全伸展翅膀，長度也只是33cm。

方向變換十分靈活。

唉！還以為是真的果蠅，我還向它求婚了呢。

其實我是根據撲翼機械人DelFly Nimble來製造的。這點不用告訴他們吧……？

「可是，你們剛剛是為什麼來這裏的？」
聽到科科識老師的話後，可素和比比才突然醒覺過來。

「校長喵真的是被綁架了嗎？」
科科識老師和守時都跟着擔憂起來。

科科識老師從褲袋裏拿出一個小型遙控器，操縱起來。「或者這個機械蜂鳥可以幫到我們。」

「這個機械蜂鳥即使在狹窄的空間中，也可以方便地觀察四周。你們覺得厲害嗎？」

科科識老師一邊操縱機械蜂鳥一邊自吹自擂。

轉轉轉

旋轉旋轉

我這樣跟着它轉，還沒找到校長喵就暈倒了。

那麼，我們從學校開始重新搜索吧？

我也來幫忙。我們在復康醫院門前會合吧！

大家正式開始尋找校長喵，去到復康醫院門前時，守時正氣喘吁吁地跑過來說：「嘿嘿！我帶了一個有用的東西過來。」

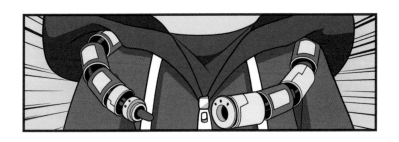

「啊？這個像蛇一樣的東西是什麼呀？」比比指着守時的脖子說道。

「這是模仿蛇的機械蛇，它可以伸縮自如！」

我們無法進入的地方，都可以用它來協助搜索！

天上有機械蜂鳥，地上有機械蛇！這樣就很完美了。

終於，為了尋找校長喵而成立的「仿生科技救援隊」正式出動了。由可素和比比帶領的救援隊威風凜凜地向着學校進發。

守時只負責搜索機械蛇可以伸進去的地方。
「排水管和下水道也要仔細搜尋！」

分頭行動的救援隊隊員，再次在體育館和飯堂前
會合。

機械蛇已經沿着排水管一直延伸到體育館屋頂上了。

「屋頂上也沒有呢。」

機械蛇沒有放過任何縫隙，仔細地探尋。

透過機械蛇上的攝錄鏡頭，大家看到地下有一個物體在移動。

這隻貓⋯⋯好像校長喵啊？

沒錯！雖然光線有點暗，但可以認出來！

嘶嘶嘶

當機械蛇想再靠近一步，校長喵嚇得毛髮直豎，還發出尖銳的叫聲。

喵嗚嗚

什麼?找到校長喵了?

校長喵有點奇怪!好像受傷了!

可素說得對。校長喵的前腿好像碰不到地面呢。

哆嗦
哆嗦

因為從一樓無法進去，所以大家爬上了屋頂……
「通道這麼窄，大人爬不進去吧？」
科科識老師的身體被夾在兩棟建築物之間。

大家決定讓身形更小的可素代替科科識老師下去。還有，為了不讓校長喵害怕，他們先把機械蛇撤出來。
「校長喵你不要亂動，在那裏等我啊！」

可素小心點，不要受傷啊！

機械蛇，之後就交給我吧！

校長喵！是我啊，可素啊。記得我嗎？跟我一起出來吧。

可素緊貼牆壁，向校長喵走過去。校長喵好像隱藏着什麼似的，更加緊縮起來，漸漸往後退。

呼呀呼呀

揮

揮動

哎呀！快停下，校長喵！

雖然兩臂被校長喵抓傷了，但是可素沒有放棄，終於抱住校長喵。就在可素準備上去的瞬間！他看到了一個驚人的場面。

可素將校長喵安穩地放在自己的大頭上,然後開始拯救小貓們。

校長喵,不要擔心。我會把孩子們也一起救出去的。

來,最後一隻了!

仿生科技救援隊的校長喵拯救行動終於結束。但是，
校長喵和可素各有問題需要特別處理。

乞嚏

校長喵，你的腿
傷得重嗎？

校長喵和可素
都需要馬上接
受治療呢。

舔舔
舔舔

能拯救生命的仿生科技

校長喵一瘸一拐地走向可素，像要表達歉意一樣蹭着身體。雖然可素的手臂還有點刺痛，但一想到校長喵和小貓們，痛楚就消失了。

一會兒兇，一會兒又乖了？

牠應該是想道歉，又想說謝謝呢。

要不是為了保護小貓，你剛才也不會這樣吧！

啾嗚嗚

看到校長喵被可素欺負，小貓們都跑過來保護媽媽了。

「就憑你們幾隻小貓崽，壓得住我嗎？」

你們這麼可愛，
原諒你們吧。

喵喵～

喵～

「哎呀，哎呀呀！」
和小貓們玩鬧着的可素突然發出慘叫。

剛才受傷的傷口
更深了。

流血了，要快點去
醫院才行吧？

先消毒一下
較好呢。

「這點小傷，大家不用擔心！」

守時從一直背着的背囊裏拿出了一個急救箱。

「嘩，你平常每天也帶着這個嗎？」

「當然！因為意外是隨時都會發生的。來，我們開始吧？」

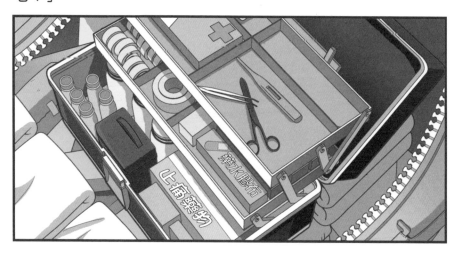

連手術手套都有，會不會太誇張了？

這是防菌手套呢。因為不能讓傷口沾染細菌。

守時認真地進行急救治療。

完成！下一個輪到校長喵！

你們就先由我照顧吧！乞嚏！

只要這樣處理一下，傷口就不會惡化了。

「這是什麼?」

「這是應用了八爪魚吸盤原理的特級藥水膠布。」

大家都知道八爪魚的吸盤吸力有多強吧？所以我們才模仿它來做這種藥水膠布。

為什麼把我們推出去？

將藥水膠布貼在皮膚上，再用力按壓，水分就會被排出，或進入突起物裏面。

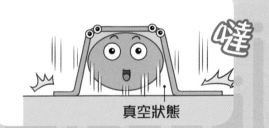

真空狀態

嘩

然後，一停止按壓，本來有水分填充的空間就會變成真空狀態，吸力變強。

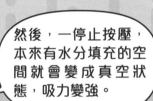

所以即使沾到水也不用擔心！

那也不用故意往上面灌水吧……

「那我們也把小貓們一起帶去動物醫院看看吧？」

「等等！」

正當科科識老師吸着鼻涕往前走之際，守時突然大聲叫道。

小貓們也要先接受急救治療啊！

乞嚏

你的動作快點吧！再耽誤下去，我也要接受急救治療了。

孩子們看起來很好啊？

牠們剛出生就在那麼狹窄和骯髒的地方待了幾天，健康可能會受到威脅的。

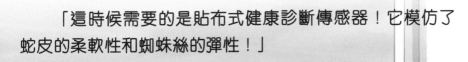

「這時候需要的是貼布式健康診斷傳感器！它模仿了蛇皮的柔軟性和蜘蛛絲的彈性！」

沒完沒了呢～

無論怎樣折疊，它都可以回復原來的模樣！

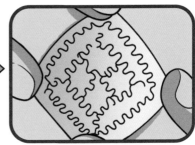

DANCE

無論怎樣活動，都不用擔心它會折損。

「雖然很神奇⋯⋯但小貓們也可以用嗎？」
比比磨蹭着貼布式健康診斷傳感器問道。

「現在，急救治療正式完成了！我們出發去
醫院吧！」

校長喵好像
很喜歡可素
的頭頂呢。

因為夠寬敞，
所以讓人覺得
很舒服吧。

「這些藥，一天給校長喵餵一次就可以了。還有，這是小貓們最愛的零食！」

獸醫不僅為校長喵準備了藥，連零食也細心地準備好了。

是我的，給我～

你們快點回家吧。我們會把校長喵和小貓們帶回去的。

動物協會　動物醫院

謝謝你們！

第二天一早，可素和比比
就心急地跑回學校了。

跟二人猜想的一樣，科科識老師比他們更早來到了屋頂。

老師，你在幹什麼呢？

乞嚏一

你們來得正好。我正在讓校長喵跟失散的家人團聚呢。

校長喵

校監喵

喵喵～喵

嘩！是校監喵啊！

「你們……今後也會好好照顧校長喵和校監喵吧？」
科科識老師突然這樣唐突地說，讓可素和比比十分驚訝。

這是什麼
意思啊？

怎麼你説到
好像快要別
離一樣……

沒錯，老師馬上就要離開這裏
了。還有很多研究在等着我呢。

研究成員總是説：
沒了我不行啊！

是嗎？那，
再見啦～

「啊，對了！我還有禮物要送給你們呢……」
科科識老師翻遍了他的袋子，掏出了一些東西出來。

「咦？怎麼不發光。是壞了嗎？」
可素歪着頭問道。

「這樣搖動，會變得更亮呢！」

科科識老師一邊揮舞發光的熒光棒，一邊跳着奇怪的舞蹈。

為什麼動物協會的會員都這麼奇怪啊？

「可是，你們知道熒光棒的靈感是從哪裏來嗎？是螢火蟲啊！熒光物質遇到氧氣會發光，我們根據這原理，把熒光棒折彎而讓裏面的玻璃管破裂，本來藏在那裏的物質就會流出，與外面的過氧化氫混合並發光。它們雖然會發光，但卻不會發熱，所以非常安全。」

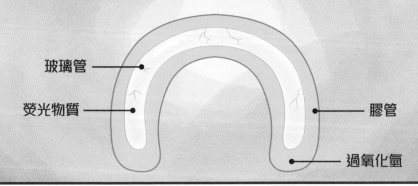

玻璃管

熒光物質

膠管

過氧化氫

「老師，你可以不離開嗎？」可素和比比含着淚，舉着熒光棒問。

我說了嘛，沒有我的話，我們國家的科學發展會一落千丈的。

希望你們像愛我一樣，愛護其他的動物。

請放心！即使是街上的小動物，我們也會好好愛護！

連我也愛護嗎？

127

玩轉科技世界⑤
出動！仿生科技救援隊

作　　者：崔宰訓 (Choi Jaehun)
繪　　圖：柳熙錫 (Yoo Huiseok)
翻　　譯：何莉莉
責任編輯：黃楚雨
美術設計：蔡學彰
出　　版：新雅文化事業有限公司
　　　　　香港英皇道499號北角工業大廈18樓
　　　　　電話：（852）2138 7998
　　　　　傳真：（852）2597 4003
　　　　　網址：http://www.sunya.com.hk
　　　　　電郵：marketing@sunya.com.hk
發　　行：香港聯合書刊物流有限公司
　　　　　香港荃灣德士古道220-248號荃灣工業中心16樓
　　　　　電話：（852）2150 2100
　　　　　傳真：（852）2407 3062
　　　　　電郵：info@suplogistics.com.hk
印　　刷：中華商務彩色印刷有限公司
　　　　　香港新界大埔汀麗路36號
版　　次：二〇二一年八月初版

ISBN: 978-962-08-7833-6